I0546931

ODE

SUR LA MORT

DE

DOLOMIEU.

NIORT,

DE L'IMPRIMERIE D'É. DÉPIERRIS AÎNÉ.

AN X. — 1802.

ODE

SUR LA MORT

DE

DOLOMIEU,

Précédée *d'une notice sur ce Naturaliste, et sui- vie d'une lettre du Secrétaire de la Classe de littérature et beaux-arts de l'Institut national de France, à l'auteur,*

Fortunée B. BRIQUET,

De la Société des Belles-Lettres, de Paris.

PARIS,

Chez Ch. Pougens, imp.-lib., quai Voltaire, n°. 10.

Y+

an X

C.

NOTICE

SUR DOLOMIEU.

Pien di filosofia la lingua e'l petto.
DANTE.

DOLOMIEU, (DÉODAT DE) né dans le département de l'Isère, le 23 juin 1750, fut destiné dès l'enfance au métier des armes. Admis de bonne heure dans l'ordre de Malte, il sut concilier les devoirs de la profession militaire avec son goût pour les sciences. La Minéralogie devint l'objet principal de ses études. Cette occupation fit le charme de sa vie : car il sentait avec transport les moindres beautés de la nature. Il voyagea long-tems en Suisse et en Italie, pour y consulter les montagnes et les volcans, dont il recueillit et analysa les produits. Après avoir fait d'importantes découvertes et d'utiles observations, il retourna en France pour rédiger ses vues sur les feux éternels. Il partageait son tems entre ce travail et l'amitié de Larochefoucault. Le glaive de la terreur lui enleva ce vertueux citoyen. Pour faire diversion à la douleur que lui causa cette perte , DOLOMIEU passa en Égypte. Dans cette expédition , il rendit de grands services à sa patrie , comme Négociateur et comme Savant. La France les consignera , avec orgueil , dans ses fastes. Il contribua, par son crédit et par ses discours , à la reddition de Malte. Cet acte devait-il être un titre de proscription aux yeux de Ferdinand (*) ? Il eut bientôt connu les minéraux que renferme l'Égypte. Riche de ses nouveaux trésors, il venait jouir des fruits du 18 brumaire ; mais une tempête le jeta sur la terre inhospitalière de Sicile. Le dépouillement le plus absolu fut le moindre de ses tourmens. On le renferma dans l'un des plus horribles cachots de Messine. Il ne pouvait y respirer , sans cracher le sang. Cette affreuse prison était si dangereuse , qu'on en fit sortir avant trois jours , ceux qu'on y mit après lui, tant on appréhendait qu'ils

(*) Roi de Naples et de Sicile.

n'y perdissent la vie : et le respectable
Dolomieu y fut enterré pendant neuf mois !
La crainte des armes françaises fit tomber
ses fers. Cette conquête ne fut pas la moindre victoire de la République. Voici l'art.
VIII de l'armistice conclu, le 29 pluviôse
an 9, entre l'armée française et l'armée
napolitaine : « Le citoyen Dolomieu, le
général Dumas et le général Monsécourt,
ainsi que tous les Français faits prison-
niers à leur retour d'Égypte, devront être
rendus de suite....» Dolomieu est le seul
Savant qui ait eu la gloire de voir ses
compatriotes se battre expressément pour
briser ses chaînes, et les rois de vingt
nations solliciter sa liberté. Si l'on ne
prononce point sans frémir le nom de
Ferdinand, on cite celui de Banks (*) avec
l'enthousiasme que l'humanité inspire, que
l'admiration commande, que la reconnaissance exige. Cet homme généreux, Rési-
dent d'Angleterre à Messine, est le seul

(*) Sir Joseph BANKS, président de la société royale de Londres, et membre associé de
l'Institut national de France. Il a fait le tour du
monde avec Cook et Solander.

qui secourut Dolomieu pendant sa captivité. M. de Lewachoff, ambassadeur de Russie à Naples, s'intéressa vivement à sa délivrance. De retour à Paris, Dolomieu fit son cours de philosophie minéralogique. A peine avait-il passé trois mois à se remettre de ses fatigues, que le Gouvernement le chargea de visiter la route qu'on allait ouvrir au Simplon. Avide de courses minéralogiques et d'observations nouvelles, il vole pour en examiner les flancs entr'ouverts. Il arriva, le 14 fructidor, avec le citoyen Eymar, sur le sommet des Alpes. Il reçut par-tout, dans ce voyage, les marques de bienveillance qui étaient dues à son mérite et à ses malheurs. En passant à Berne, il alla au spectacle. On donnait, par hasard, une pièce dont le principal personnage sortait de prison; tout le monde tourna, avec applaudissemens, les yeux sur Dolomieu. Il semble qu'il avait le pressentiment de ne plus revoir ce pays. « Adieu, mes chères montagnes », disait-il d'un air triste et d'une voix concentrée, « Dieu sait quand je vous reverrai, je regrette bien de vous quitter ».

Voici l'extrait d'une lettre qu'il écrivit, le 26 brumaire an 10, à l'un de ses amis, ministre du culte protestant, à Genève : « Je pars dans deux jours pour Paris ; » j'irai bientôt ébranler les rochers de la » Saxe ; et d'autres voyages doivent suc- » céder, pour chercher, quoi ? non pas » le bonheur , car je suis parfaitement » heureux où je suis; non pas les riches- » ses, j'en ai plus qu'il ne m'en faut; » non pas la renommée, les circonstances » m'en ont donné une telle , que j'en suis » plutôt embarrassé ; et quoi donc ? je » cours après des idées ; j'entasse des pier- » res qui augmenteront l'embarras et la » confusion qui règnent chez moi, et com- » me tous les faiseurs de collections, com- » me l'avare, la mort viendra me surpren- » dre avant d'avoir fait de ce que je possède, » l'usage auquel je l'ai destiné ». Les fa- tigues de son voyage au Simplon hâtèrent les effets des souffrances physiques et mo- rales qu'il avait éprouvées pendant sa lon- gue et dure captivité. Bientôt il tombe malade à Château-neuf, chez sa sœur, Mme. André. Il y mourut le 7 frim. an 10.

DOLOMIEU avait toutes les qualités nécessaires pour être un bon minéralogiste.
A la science, il joignait une santé très-forte.
Il pouvait faire jusqu'à douze lieues par
jour. Aussi voyageait-il presque toujours
à pied. Intrépide et infatigable, il lassait
les hommes les plus robustes et les plus
accoutumés aux montagnes, les guides de
Chamouni. La pluie, les vents, les neiges,
rien ne l'arrêtait. Arrivé au gîte, après les
plus pénibles journées, tandis que ses com-
pagnons de voyage n'étaient occupés qu'à
se réchauffer et à sécher leurs vêtemens,
il écrivait son journal, étiquetait ses minéraux, les enveloppait et les emballait
lui-même. Ses fatigues et son courage furent
extrêmes. « Ce n'est pas sans peine », disait-
il, « et sans privations, qu'on acquiert
» des connaissances et de l'expérience ».
C'est ainsi que Despréaux et Buffon reçurent
de grands talens, sous la condition d'un
grand travail. DOLOMIEU avait fait de lon-
gues et de profondes études. Il avait beaucoup vu et beaucoup observé. Le carac-
tère de son esprit était la persévérance dans
la recherche de la vérité ; une grande

exactitude dans les observations; beaucoup
de sagacité pour en déduire les conséquen-
ces nécessaires; une extrême circonspec-
tion pour leur appliquer les théories hy-
pothétiques. La générosité, la bienfaisance,
la reconnaissance et la modestie furent son
apanage. Quelle vertu lui fut étrangère? Il
pardonna les haînes dont il avait été la victime. Il prenait soin d'une jeune personne
avec sa sœur, Mme. de Drée. Peu de tems
avant sa mort, il alla rendre encore une
visite à sa nourrice. On lui demandait
pourquoi il ne voulait pas donner un
système volcanique, personne n'ayant, en
cette partie, plus de connaissances que lui.
« Il est bien facile », répondait-il, « de
» faire un système; mais très-difficile d'en
» faire un bon ». Le Premier Consul lui
offrit ses services; il ne réclama que la
radiation de l'un de ses frères. Il ne pro-
nonçait jamais le nom du célèbre Saussure,
sans éloge et sans attendrissement. Il
avait le mérite non seulement d'aimer la
science, mais encore ceux qui la profes-
saient. Il compta au nombre de ses amis,
Chaptal, Lacépède, Lelièvre, Delamétrie,

Haüy, Münter, etc. Faujas de Saint-Fond,
dans sa minéralogie des volcans, annonce
qu'il fait un très-grand cas du mérite de
DOLOMIEU. Son éloge a été lu par le cit.
Éymar, préfet du Léman, à l'Athénée de
Lyon, le 4 pluviôse, an 10. Un de ses élèves
en histoire naturelle, Bruun-Neergaard,
a joui du précieux avantage de l'accom-
pagner au Simplon. Il rend hommage aux
connaissances de ce savant naturaliste,
dans un ouvrage intitulé : *Journal du
dernier voyage du cit. DOLOMIEU dans
les Alpes*, Paris, in-12, an 10. On grave
son portrait, d'après un tableau qui ap-
partient à Delamétrie. Il avait rassemblé
une immense quantité de minéraux ; son
cabinet n'était composé que de roches. Il
n'existe point, en cette partie, de col-
lection plus importante. Il était très-dévoué
aux jeunes-gens qui cherchaient à s'instrui-
re ; il parlait, avec plaisir, des élèves qui
lui faisaient honneur ; entr'autres, de
Brochant, Beaunier, Champeaux et
Cordier. Ce dernier était son fils adoptif.
DOLOMIEU occupa plusieurs places. Il fut,
dans l'ordre de Malte, commandeur de

Sainte-Anne , ensuite inspecteur des mines. Il renonça à cet emploi , pour la
chaire de minéralogie vacante par la mort
de Daubenton. « Il ne convient pas » ,
disait-il , « quand on a assez pour vivre ,
» d'occuper une place qui peut servir à faire
» avancer un jeune - homme ». Plusieurs
sociétés savantes l'admîrent dans leur sein :
il fut correspondant de l'Académie des
sciences , de Paris ; membre de l'Institut
national, et de l'Académie de Gœttingen.

Ses ouvrages ne sont pas nombreux. Il
disait qu'il ne fallait prendre la plume , que
pour dire quelque chose de nouveau , ou
d'utile. On lui doit : *Voyage aux îles
de Lipari , fait en 1781 , ou notices sur
les îles Æoliennes , pour servir à l'histoire des volcans ; suivi d'un mémoire sur
une espèce de volcan d'air , et d'un autre
sur la température du climat de Malte ,
et sur la différence de la chaleur réelle
et de la chaleur sensible ,* Paris , 1783,
1 vol. in-8°. Ce voyage et les deux mémoires sont dédiés à M. de Rohan , grand-
maître de l'ordre de Saint-Jean de Jéru-

salem. Ils parurent sous le privilège de l'A-
cadémie des sciences, de Paris. DOLOMIEU
avait présenté ses ouvrages à cette société.
Elle nomma des commissaires pour lui en
rendre compte. Le rapport sur le voyage
aux îles de Lipari et sur le mémoire d'une
espèce de volcan d'air, a été publié à la
suite de ces deux écrits. En voici un
fragment : « Ces observations nous ont
» paru bien suivies, intéressantes, faites
» sur des lieux que les voyageurs fréquen-
» tent rarement, vu les risques qu'on craint
» de rencontrer. Nous croyons donc
» qu'elles sont dignes de paroître sous le
» privilège de l'Académie, et qu'on doit
» savoir gré à M. de DOLOMIEU, aussi
» instruit en chimie qu'en histoire natu-
» relle, de s'en être occupé ». On trouve
dans son voyage aux îles de Lipari, les
remarques qu'il a faites sur les pierres
ponces. Personne, avant lui, n'avait rien
dit de positif sur les variétés de ces pierres,
et sur les matières qui paraissent avoir
donné lieu à leur formation. Elles tirent leur
origine du granit. C'est encore DOLOMIEU
qui le premier a reconnu, dans les cavités
des laves nouvelles de l'Etna, du côté de

Bronte et de Catagne, l'alkali fixe blanc,
réuni en molécules irrégulières.--*Mémoire
sur les tremblemens de terre de la Cala-
bre, qui eurent lieu en 1783,* Paris, 1784,
in-8°.--*Mémoire sur les îles Ponces, et
catalogue raisonné des productions de l'Etna, pour servir à l'histoire des volcans ;
suite de la description de l'éruption de
l'Etna, du mois de juillet 1787, ouvrage
qui fait suite au voyage aux îles de Lipari,
1788,* gr. in-8°. Les échantillons des laves
qu'il recueillit sur le mont Etna existent
dans le cabinet de Faujas de Saint-Fond,
et dans celui que posséda Larochefoucault.
---*Dissertation sur la question de l'origine
du basalte,* dans le journal de physique,
1790.--Traduction en italien de l'ouvrage
de Bergman, sur les volcans. -- Plusieurs
mémoires insérés dans le journal des mines,
dans celui de physique et dans les recueils
de diverses académies. -- Il a rédigé le dic-
tionnaire minéralogique pour la *nouvelle
Encyclopédie,* et il a travaillé au *Magasin
encyclopédique.*--*De la philosophie minéralogique, et sur l'espèce minéralogique,*
Paris, an 10 : il en a paru des fragmens
dans le journal des mines. C'est la dernière

production de Dolomieu , et le commen-
cement du grand ouvrage dont il avait
conçu l'idée dans la solitude et l'obscurité
de sa prison. Il en tira , pendant sa captivité,
des notes qu'il écrivit sur les marges et
entre les lignes de quelques livres qu'on lui
avait laissés. Le noir de fumée de sa lampe ,
délayé dans l'eau , lui servit d'encre ; sa
plume était un fragment d'os usé pénible-
ment sur le pavé de sa prison.

Dolomieu se proposait de donner une tra-
duction française de l'ouvrage de Bergman
sur les volcans. Il l'eût accompagnée de
notes. Il voulait introduire dans la minéralogie une nouvelle division , et réformer
l'ancienne nomenclature. Il avait le dessein
de faire un cours sur les pierres fines , que
Pline appelle *gemmae*. Il y aurait joint des
notes intéressantes sur leur utilité dans les
arts. Il avait formé le projet d'aller inces-
samment dans le Nord et dans l'Allemagne.
Que ne devait-on pas encore attendre de ce
naturaliste , si sa carrière eût été plus lon-
gue ! La mort confondit les projets de
Dolomieu , et les espérances de ses con-
citoyens.

ODE

SUR LA MORT

DE DOLOMIEU.

Muses, d'un crêpe noir entourez vos portiques;
Suspendez à leur voûte un lugubre flambeau :
O Muses, entonnez de funèbres cantiques,
    Dolomieu descend au tombeau.

Depuis si peu de jours il revoyait ses proches,
Et ses nombreux amis, et ses admirateurs :
Il ressent de la mort les soudaines approches,
    Il meurt dans sa famille en pleurs.

Ah ! si par les accens d'un sublime délire,
On pouvait vous fléchir, inflexibles Destins,
Du Pindare français (*) il entendrait la lyre,
    Il s'assiérait à nos festins.

(*) *Lebrun.*

Mais il n'est plus le tems des heureuses merveilles,
Et deux fois vers la vie on ne prend point l'essor.
En perdant DOLOMIEU, pour toujours de ses veilles
    Nous perdons aussi le trésor.

Et vous dont il connut les secrets, les abîmes,
Montagnes et volcans, vous sur-tout ô Simplon ;
Il ne gravira plus vos orgueilleuses cimes,
    Le successeur de Daubenton.

Maudit soit le tyran, dont la fureur jalouse
Fit subir au malheur (*) des tourmens inouis !
Quand l'humanité nomme et Cook et Lapeyrouse
    Citoyens de tous les pays.

Quoi ! de la tyrannie infâmes prosélites,
En d'horribles cachots vous jetez DOLOMIEU.
Tombez à ses genoux, tombez, vils satellites !
    L'homme de génie est un Dieu.

———

(*) *Une tempête avait jeté* DOLOMIEU *sur les côtes de Sicile.*

Que dis-je à des brigands effrénés de licence?
Le roi qui les envoie a proscrit la vertu ;
Et leur cœur, même alors qu'ils perdent l'innocence,
    De remords n'est point combattu.

Qu'il est donc insensé ce roi dans sa colère !
Ce roi, dont la conduite absoudra les Denys (*) !
Eh ! parce que le ciel un instant les tolère,
    Croit-il ses crimes impunis ?

Je vois déjà, je vois le burin de l'Histoire,
Dans ses fastes sacrés gravant le souvenir
De cet évènement qu'on aura peine à croire
    Dans tous les siècles à venir.

Je lis de DOLOMIEU les hautes destinées :
Toujours grand, il souffrit sans l'avoir mérité ;
Victime des fureurs, il les a pardonnées,
    Mais non pas la Postérité.

(*) *Denys l'ancien et Denys le jeune, tyrans de Syracuse.*

Illustre Anglais, ô Banks, accepte mes hommages :
Que rien de ton bonheur n'interrompe le cours !
Ton nom rayonnera de gloire dans les âges ;
    Le malheur reçut tes secours.

A tes maux, DOLOMIEU, qu'à l'instant où nous sommes
Ferdinand doit gémir d'avoir prêté les mains !...
Vous, que le sort appelle à gouverner les hommes,
    Soyez justes, soyez humains.

INSTITUT NATIONAL
DES SCIENCES ET DES ARTS.

Paris, le 18 nivôse, l'an 10 de
la République française.

*Le Secrétaire temporaire de la
Classe de littérature et beaux-arts
de l'Institut national des sciences
et des arts,*

A Madame Fortunée B. BRIQUET,
de la Société des belles-lettres, de Paris.

Madame,

*La Classe de littérature et beaux-
arts de l'Institut national a reçu la
lettre que vous avez pris la peine
de lui écrire, et à laquelle étoit*

jointe *votre* Ode sur la mort du cit.
DOLOMIEU. *Le cit. Lebrun, invité*
par la Classe à prendre connois-
sance de cette ode, lui en a rendu
un compte si avantageux, que la
Classe a conçu la plus vive impa-
tience d'en entendre de sa bouche la
lecture. Après l'avoir entendue, la
Classe n'a pu trouver que trop foi-
bles, les éloges que ce juge, tout
difficile qu'il doit être, avoit donnés
dans son rapport, à votre production.

La Classe de littérature et beaux-
arts me charge expressément de vous
faire parvenir ses remercîmens.

Comme Secrétaire, je m'acquitte
avec empressement d'un devoir dont
l'exécution doit vous être agréable.

Veuillez agréer, Madame, que je vous offre ici, personnellement, l'hommage de ma reconnoissance, pour un plaisir que j'ai partagé avec mes confrères, et l'assurance de ma respectueuse considération.

LAPORTE DU THEIL,

Secrétaire temporaire.

www.ingramcontent.com/pod-product-compliance
Lightning Source LLC
Chambersburg PA
CBHW061730180626
46818CB00006B/2545